W0414807

Droemer
Knaur

PLUMPS-O-MOTO

von James Clavell
mit Bildern
von Friedrich Hechelmann

Droemer Knaur

Die Bilder wurden in Originalgröße reproduziert

© Droemersche Verlagsanstalt Th. Knaur Nachf. München 1984
© by James Clavell 1984
Ins Deutsche übertragen von Barbara Scriba-Sethe
Umschlaggestaltung: Friedrich Hechelmann
Reproduktion: Fa. Schwitter, Basel
Satz und Druck: Appl, Wemding
Aufbindung: Großbuchbinderei Sigloch, Künzelsau
Printed in Germany
ISBN 3-426-19119-9

Er trat aus dem Farmhaus mit dem kleinen Mädchen auf den Armen und ging zu einem Sessel, der im Schatten des großen Jakarandabaumes stand. Dort ließ er das Kind behutsam nieder.

»Da wären wir, kleines Mädchen, und jetzt erst einmal: Wiedersehen!«

»Wiedersehen, Dad! Treibst du heute wieder die Schafe zusammen?«

»Nein, Kindchen. Heute guckt Old Abo Charlie nur nach ihnen«, sagte er und lächelte liebevoll zu ihr hinunter. Die Morgensonne schien heiß, und im Schatten war es angenehm frisch. Soweit der Blick reichte, sah man flaches Land: Australien in der Nähe des Urwalds, ein Land voller Gestrüpp, gut für Schafe, aber nicht allzu gut für Rinder. Dad war der Verwalter dieser Station, wie Farmen hier genannt werden, und so gehörte das Land in gewisser Weise ihnen. »Ich gehe zum nördlichen Teil hinüber; einige Rinder haben sich verlaufen. Bis zum Abendessen bin ich zurück. Alles in Ordnung?«

»O ja«, sagte sie, obwohl sie gar nicht wollte, daß er ging. Es war einsam, wenn niemand zum Spielen da war, Dad den ganzen Tag weg und Mum immer am Arbeiten. »Bist du sicher, daß du zum Abendessen zurück bist?«

»Ganz sicher«, sagte er mit dem Lachen, das sie so liebte. »Heute abend gibt es Würstchen, direkt aus Deutschland. Wiedersehen, kleines Mädchen!«

Als er sie küßte, spürte sie die Rauheit seiner Haut und den prächtigen warmen Männergeruch. Dann zauste er ihr das Haar und ging davon, groß und stark, die Jeans, das Hemd und den zerbeulten alten Hut voller Schweißflecken. Den Tränen nahe, reckte und wand sich das kleine Mädchen in seinem Sessel, um zu sehen, wie er in den Jeep stieg.

»Nein«, sagte sie leise zu sich selbst, »keine Tränen. Und denk an etwas Gutes, wie Dad immer sagt.«

Tapfer winkte sie ihm nach, aber er hatte schon das große Holztor hinter sich gelassen, welches das Wohnhaus von den Pferdekoppeln sowie den Schaf- und Viehweiden trennte. Ihr Haus war ein niedriges, eingeschossiges Gebäude, ein unregelmäßig gebautes Farmhaus mit Nebengebäuden, Scheunen und Schuppen. Es war zum Teil mit Ziegeln gedeckt, zum Teil aber nur mit Wellblech, das in der Regenzeit dröhnte wie Donner. In der Nähe des Hauses waren ein paar Blumen-

beete angelegt. Aber die Station war eine Arbeitsfarm, und es blieb kaum Zeit, sich um die Blumen zu kümmern.
Ich wollte, ich könnte das für Mum machen, dachte das kleine Mädchen. Dann lehnte sie sich in ihrem Sessel zurück und wartete. Jetzt konnte sie ihre Mutter in der Küche hören, wie sie Töpfe und Pfanne vom Frühstück säuberte und dabei sang. Immer ist sie am Putzen und Kochen, am Wasserholen vom Dachtank oder am Bettenmachen oder Waschen, ging es dem kleinen Mädchen durch den Kopf. Und Dad arbeitet immer. Er fährt Auto und kommt nach Hause, ißt und lacht mit Mum und mir, und – oh, was haben wir's doch wirklich gut!
Im Schatten war es kühl, und die Fliegen waren jetzt, im Frühling, noch nicht schlimm. Sie wußte, ihre Mutter würde ihr bald neue Limonade bringen und dann ein oder zwei Stunden Unterricht mit ihr machen. Sie ließ ihren Gedanken freien Lauf und sah sich hinter dem Jeep herrennen, der nur noch eine Staubwolke am Horizont war. Ich würde rennen und immer weiterrennen, und dann, wenn ich müde wäre, würde ich zum Teich laufen und schwimmen, und ich hätte einen Riesenspaß dabei. Ich würde ins Wasser springen, planschen und singen. Später würde ich mich abtrocknen und nach Hause gehen ...
Ein Geräusch schreckte sie plötzlich auf. Sie tauchte aus ihrer Träumerei auf und sah hinauf in die tiefhängenden Zweige des Jakarandabaumes. Etwas, das wie ein bunter Stoffball aussah, purzelte auf die Erde.
Das kleine Mädchen hielt den Atem an, als der Ball sich hustend und prustend entwirrte und zum nettesten und merkwürdigsten winzigen Wesen wurde, das sie je gesehen hatte. »Oh! Wer bist du?«
»Ich bin Plumps-O-moto«, sagte die winzige Person atemlos. Er klopfte sich hastig die Blätter und Zweige von der Kleidung, dann verbeugte er sich mit großer Gebärde: »Bitte, entschuldigen Sie, daß ich auf diese Art und Weise hier reinplatze! Ich habe mich wirklich schrecklich entblößigt!«
»Du – ah, Sie haben *was*?«
»O, das ist ein neues Wort, das ich gerade von meiner Lehrerin gelernt habe. Es heißt soviel wie: ich hab' ziemlich das Gesicht verloren, als ich einfach so aus dem Baum gefallen bin.« Er strahlte zu dem Mädchen hinauf und wischte sich

… ihr Haus war ein niedriges, eingeschossiges Gebäude

mit der Hand über die Stirn. Er war etwa einen halben Meter groß und mit einem Kimono bekleidet – einer langen, mit einem breiten Band zusammengehaltenen bunten Robe. Er hatte hübsche dunkle Augen, die schräg gestellt waren und funkelten. Sein Haar war schwarz und seine Haut von einem gefälligen Goldton. »Ich bin ein Zauberer, zumindest ist, um ehrlich zu sein, meine *oba-chan* eine Zauberin, und sie sagt, wenn ich groß bin, werde ich der beste Zauberer in Japan.«

»Das ist ja wunderbar!« Das kleine Mädchen rutschte in seinem Sessel hin und her, um ihn besser sehen zu können. »Haben Sie ein Glück, daß Sie ein Zauberer sind. Was ist eine *oba-chan?*«

»Das ist Japanisch. Es bedeutet Mutter oder Mum oder Mami.« Plumps-O-moto ordnete seinen Kimono und kniete sich vor dem Kind ins Gras, das ihn jetzt fast völlig verbarg. »Es ist Japanisch, ich bin nämlich ein Japaner.«

»Ah, ich verstehe. Ihre *oba-chan,* Ihre Mum, ist eine richtige Zauberin? *Dinkum?*«

»Wie bitte?«

»*Dinkum*? Das ist Australisch und heißt ›ehrlich‹, ›echt‹.«

»Ja, meine *oba-chan* ist eine echte Zauberin. Ob Sie mir, bitte, Ihren Namen sagen?«

»Kleines Mädchen. Mein richtiger Name ist zwar Patricia, aber mein Dad und meine Mum, die nennen mich kleines Mädchen oder Liebes oder Herzchen.«

»Hmmmm!« Plumps-O-moto schielte zu ihr hinauf, dann lächelte er. »Mir gefällt Patricia besser als kleines Mädchen, weil Sie, ehrlich gesagt, ziemlich groß sind. Doch, Patricia ist besser als kleines Mädchen oder Liebes oder Herzchen. Darf ich Sie fragen, wie alt Sie sind?«

»Ich bin fast acht.«

»Ich bin vierhundertfünfundsechzig Jahre alt.« Wieder strahlte er zu ihr hinauf. »Natürlich zählen Zauberer anders.«

»Ach, wirklich?« Das Mädchen überlegte einen Augenblick. »Sie sehen nicht viel älter aus als ich.«

»Nach Zauberer-Zählart entsprechen vierhundertfünfundsechzig etwa acht in Ihrer Zählart«, sagte er.

»Oh!« Sie runzelte die Stirn. »Sind Sie sicher, daß Sie ein Zauberer sind? Ich meine, Sie sind ziemlich klein für einen Zauberer, und Sie haben so komische Kleider an.«

»Ach, ich bin nur so klein, wie Sie im Verhältnis zu Ihrem Dad und Ihrer Mum klein sind. Aber ich kann wirklich ganz groß werden, wenn ich will.«

»*Dinkum*?«

»O ja, in der Tat *dinkum*. Und was ich anhabe, ist in Wirklichkeit gar nicht komisch. Es ist nur etwas anderes. Man nennt es einen Kimono. So ziehen sich die Leute in Japan an, besonders Zauberer.«

»Er steht Ihnen sehr gut«, sagte sie. »Ziehen Mädchen auch so etwas an?«

»O ja, aber ihre Kimonos sind anders.« Er blickte zum Farmhaus hinüber. »Haben Sie Geschwister?«

»Nein. Hab' ich nicht – bis jetzt nicht.«

»Ich auch nicht«, sagte er.

Sie betrachtete ihn prüfend und kam zu der Einsicht, daß sie ihn mochte. »Ich freue mich sehr, Ihre Bekanntschaft zu machen. Schön, daß Sie mich besuchen kommen! Ja, ich freue mich sehr, Sie kennenzulernen.«

»Danke! Ich freue mich auch sehr, Sie kennenzulernen.«

Plumps-O-moto erhob sich und blickte um sich. Das Land erstreckte sich weit nach allen Himmelsrichtungen bis an den Horizont. Es gab nur wenige Bäume. Schwärme fremder Vögel wirbelten hierhin und dorthin, und dem Wind, der in die Richtung von Plumps-O-motos Heimat wehte, haftete ein ungewohnter Geruch an. Jetzt war er offensichtlich sehr beunruhigt. »Darf ich fragen, wo wir sind? Ich meine, in welcher Gegend befinden wir uns? Wissen Sie, eigentlich sollte ich nicht hier sein. Ich hab' nämlich gerade 'nen Trick ausprobiert, um meine Groß-*oba-chan* am Meer zu besuchen, aber soweit ich sehen kann, ist hier gar kein Meer. Wir sind wohl nicht in Japan.«

Das kleine Mädchen lachte und lachte, klatschte in die Hände und rutschte in seinem Sessel hin und her. »O lieber, armer Herr Pumpsamoto. Sie sind …«

»Plumps-O-moto«, sagte er würdevoll. »Tut mir leid, aber Zauberer müssen bei ihrem richtigen Namen genannt werden.«

»Oh, *mir* tut es leid«, sagte sie. »Aber ich bin noch nie einem Zauberer begegnet. Also, Herr Plumps-O-moto, ich fürchte, Sie sind ein riesiges Stück von Japan entfernt. Ja, ich erinnere mich, Japan auf meinem Atlas gesehen zu haben. Japan liegt ein riesiges Stück nordwärts auf der anderen Seite des Meeres, irgendwo da oben bei China. Hier sind Sie tief unten.«
»Wie bitte? Tief unten wo?«
Das Mädchen lachte: »So kann man Australien beschreiben, ›tief unten‹, weil es tief unterhalb der ganzen übrigen Welt liegt.«
»Nein, einen Augenblick lang haben Sie mich, ehrlich gesagt, wirklich in Schrekken versetzt. Australien? Tief-unten? Ich hab' meinen Trick wirklich higgeldie-piggeldie-verdreht hinbekommen.« Er wurde immer besorgter. »Ist Tief-unten ein großes Land, Fräulein Patricia?«
»Das größte auf der Welt. Wir haben den Busch und die weiten Ebenen, aber Sie sollten sich keine Sorgen machen. Sie müssen wirklich ein sehr großer Zauberer sein, wenn Sie allein den ganzen Weg bis hierher gekommen sind. Dann können Sie sich doch auch den ganzen Weg zurückzaubern, wenn Sie wollen.«
»Sind Sie da sicher, ganz sicher?«
Das kleine Mädchen nickte, und Plumps-O-motos Besorgnis schwand in der Sonne ihres Lächelns. »Oh, ich danke Ihnen vielmals, Fräulein Patricia. Aber wir nennen es ›gaukeln‹, hierhin und dorthin ›gaukeln‹.«
»Aha! Aber bitte gaukeln Sie nicht ... bitte, gehn Sie noch nicht nach Hause, Herr Plumps-O-moto. Ich weiß was: Wir wollen Freunde werden. Dann brauchen Sie mich nicht mit ›Fräulein‹ anzureden, und ich kann das ›Herr‹ weglassen.«
»Ganz wirklich ausgezeichnet! Und ... und ...« Er ging zu ihr hin – er reichte ihr kaum bis zu den Knien – und streckte seine winzige Hand aus. »Und da wir nun Freunde sind, kannst du mich kurz Plumps-O-moto nennen.«
»Das ist aber alles andere als kurz«, meinte sie.
»Doch, für einen Zauberer ist es das.«
»Wirklich?«
»O ja. Natürlich nennt mich mein Dad manchmal Plumps-O, oder nur O. Wäre das besser?«

»Plumps-O gefällt mir, O auch. Ich werd' mal beides versuchen.« Sie beugte sich zu ihm hinunter und schüttelte ihm sorgsam die Hand. »Jetzt sind wir Freunde. Nun, O, du bist, wenn du es genau wissen willst, auf unserer Station – das ist eine Farm. Sie liegt in der Nähe von Moulemeen, das ist der nächste größere Ort, in der Nähe von Muldura nicht weit vom Fluß Murray in Neu-Südwales.«

»Tief unten?«

»Tief unten. Hättest du gern etwas Limonade? Sie ist kühl und süß. Meine Mum macht sie selbst.« Sie griff unter ihren Stuhl, zog die Thermosflasche hervor und hielt sie ihm hin.

»Oh, das ist gut«, sagte er, nachdem er aus dem Becher getrunken hatte. »Danke! Bei uns in Japan gibt es auch Limonade. Ehrlich gesagt, ich mag Limonade sehr. Wollen wir ein bißchen spazierengehen?«

»In Ordnung, aber nicht zu weit.« Das kleine Mädchen griff ins hohe Gras und fand seine Krücken.

»Wozu sind denn die?« fragte er.

»Sie helfen mir beim Laufen. Ich nenne die eine Simsalabim und die andere Simsalabumps, weil sie immer mit einem Bumps hinfällt. Weißt du, als ich noch sehr klein war, hatte ich eine ganz schlimme Kinderlähmung. Mir ging es sehr schlecht, und hinterher taten's meine Beine nicht mehr.«

»Arme Patricia!« Plumps-O-moto schauderte in der Wärme der Sonne. »O ja«, sagte er. »Diesen bösen Geist kennen wir zu Hause auch. Wir Zauberer nennen ihn Nurku den Bösen.«

»Ja, er ist sehr böse, aber mein Dad hat mal gesagt, ich würde wieder laufen können, wenn ich ruhig wäre und warten und nur an etwas Gutes denken würde.« Sie zog sich mühsam hoch, schob die Krücken unter ihre Armbeugen und lächelte zu Plumps-O-moto hinunter. »Sollen wir bis zum Ende des Gartens gehen?«

»Ja, wenn du möchtest. Bist du sicher, daß das richtig für dich ist?«

»Sicher. Ich muß es jeden Tag versuchen. Mein Dad sagt mir das immer wieder.«

So machten sie sich auf, gingen zwischen den Bäumen hindurch, das kleine

… und kniete sich vor ihr ins Gras, das ihn jetzt fast völlig verbarg

Mädchen ganz langsam und Plumps-O-moto ein klein wenig voraus, um zu sehen, ob nicht irgendwo eine Gefahr lauerte. Ihm war nämlich eingefallen, daß es manchmal in Australien böse Schlangen gibt. Am Ende des Gartens erhob sich neben einem winzigen Teich ein kleiner Hügel, und er rannte hinauf und schaute sich überall um.

»Oh, es ist wirklich riesig und weit und breit kein einziges Haus.«

»Wir haben Nachbarn, aber die wohnen sechzig Kilometer weit weg, sagt mein Dad. Mein Dad ist der Verwalter dieser Station. Sie heißt Mondseite und ist ... hm ... einen Tag im Jeep in *die* Richtung und zwei Tage mit dem Jeep in *die* Richtung. Wir haben an die hunderttausend Schafe, zwei- oder dreihundert Rinder und zweitausend Morgen Weizen. Mein Dad kümmert sich um das alles.« Sie lehnte sich auf ihre Krücken. »Wie sieht Japan aus?«

»Ganz anders.«

»Oh, wie gern würde ich Japan einmal sehen.«

Plötzlich brauste ein Sturmwind auf, und als das kleine Mädchen sich in Richtung Himmel gerissen fühlte, hielt es den Atem an und schloß die Augen. Dann war wieder alles ruhig.

»Ach, du meine Güte!« rief sie aus. Nun war sie in Japan am Meer, und in der Nähe sah sie das hübscheste aller hübschen Dörfer mit Fischern und Booten, kleine Mädchen und Jungen spielten auf der Straße und sie hörte viel Gelächter.

»Wie hast du das gemacht, Plumps-O-moto?«

»Na, weißt du, der Satz ›Wie gern würde ich ...‹ hat für einen Zauberer die magische Kraft, einen Wunsch zu erfüllen.«

»Du meinst, wenn ich sage ›Wie gern ...‹« Sie hielt gerade noch rechtzeitig inne. »Wenn ich diesen Zauberspruch sage, wirst du mir jedesmal meinen Wunsch erfüllen?«

»O nein«, sagte er. »Das kann ich nicht. Um ehrlich zu sein, ich bin noch kein richtiger Zauberer. Und selbst bei richtigen Zauberern oder Zauberinnen funktioniert es nur manchmal. Ehrlich gesagt, weiß ich nicht ganz genau, wie dieser Trick funktioniert.«

»Können wir denn auch zurückkommen, Plumps-O? Ich meine ...« Das kleine

Mädchen begann sich langsam Sorgen zu machen. »Ich muß wirklich bis zum Abendbrot zu Hause sein.«
»Wann ist das?«
»Kurz vor Sonnenuntergang. Wie überall.« Sie runzelte die Stirn. »Gibt's bei euch keine Abendbrotzeit, wo ihr die richtige große Mahlzeit habt – nach der Arbeit?«
»Nein, nein, bei uns ist es anders.« Er lächelte. »Mach dir nur keine Sorgen, Patricia! Meine Mum sorgt schon dafür, daß du bis zum Abendessen zu Hause bist. Aber zuerst muß ich dich mit zu mir nach Hause nehmen, damit du sie kennenlernst.« Er strahlte zu ihr hinauf. »Das war wirklich ein toller Trick, nicht wahr, Patricia, mit dir in ... na, in Blitzesschnelle nach Japan zu gaukeln?«
»O ja ... O!« Nun bemerkte sie, daß hier alle Menschen und alle Dinge entsprechend groß waren wie Plumps-O-moto, das heißt, genauso winzig, und sie wirkte dagegen fast wie eine Riesin. »Aber O, ich bin so groß und du bist so klein! Kann ich nicht zu deiner Größe herunterkommen – oder du zu mir heraufkommen? Bitte!«
»Aber sicher, Patricia.« Er machte ein geheimnisvolles Zeichen und sagte ein paar Zauberworte, die sie nicht verstehen konnte. »Zieh schnell an deinem linken Ohr, schnell!« befahl er ihr.
Sie gehorchte. Jählings spürte sie einen Schlag auf den Kopf – und sie waren gleich groß. »Fein, du bist wirklich ein klasse Zauberer.« Das kleine Mädchen blickte glücklich um sich. Da standen mehrere Gruppen kleiner Holzhäuschen mit Dächern aus blauen Tonziegeln, und jedes Haus hatte einen kleinen Garten – alle mit Zäunen –, und alles war anders, als sie es je gesehen hatte. Am Ufer lagen die Boote säuberlich aufgereiht nebeneinander, und Fischer flickten ihre Netze. Nach dem offenen Meer hin war der Hafen gut gegen die Brandung geschützt. Über ihren Köpfen kreischten Möwen, und die See war blaugrün. Hinter ihnen ragten hohe Hügel auf und hinter denen richtige Berge: alle wundervoll dunkelgrün mit großen Bäumen, und überall wuchsen wilde Blumen. »Ist das schön! Ich hatte mir schon immer gewünscht, am Meer zu wohnen. Welchen Weg müssen wir gehen?«

Nun war sie in Japan am Meer …

»Diesen hier. Paß auf die Steine auf! Sie können glitschig sein.« Er führte sie langsam die Anhöhe hinunter, an den Mädchen und Jungen vorbei, die in den seichten Wasserstellen und am Strand spielten. »Guten Tag«, sagte sie höflich, aber niemand beachtete sie.

»Ach, Patricia, es tut mir leid, aber sie können dich weder hören noch sehen. Nur Zauberer und Geister können dich gegenwärtig hören und sehen und mit dir sprechen. Aber du brauchst nicht beunruhigt zu sein«, fügte er hinzu, als er sah, wie besorgt sie war. »Ich werd' schon auf dich aufpassen.«

»Danke, Plumps-O. Wenn du hier bist, hab' ich auch keine Angst.«

»Dafür sind Freunde ja da«, sagte er gewichtig.

»Da hast du sehr recht, Kumpel, das sagt mein Dad auch immer.« Sie hielt für einen Augenblick inne, fügte dann hinzu: »Dann ist das jetzt wie ein Traum?«

»Aber nein, bestimmt nicht.« Er streckte die Hand aus und zwickte sie leicht.

»Autsch!«

»Na, da siehst du's! Wirklicher geht's doch gar nicht mehr!« sagte er und lächelte auf seine besondere Art.

»Um so besser«, sagte sie zufrieden und stapfte weiter.

Nach einer Weile machte er vor einem besonders hübschen Wohnhaus halt. Die Wände bestanden aus Holzlatten mit viereckigen Papierflächen dazwischen, und überall sah man merkwürdige Töpfe voll leuchtender Blumen, und auch die Tür war aus Holz und Papier. Diese schob er beiseite. Er schleuderte seine Schuhe von den Füßen und stürmte hinein. *»Oba-chan, oba-chan, watashi desu!«* rief er auf Japanisch. Aber weil er ein Zauberer war und sie unter seinem Zauber stand, war ihr Japanisch vertraut, als wäre es ihre Muttersprache. Sie bemerkte keinerlei Unterschied.

»Wo warst du denn, mein Sohn? Ich habe dich überall gesucht und ...« Die wunderschöne Frau hielt überrascht inne, als sie das kleine Mädchen im Türrahmen sah. Sie trug einen bezaubernden rosa Kimono mit Fischen darauf gestickt, und ihre Haare waren schwarz und lang und hochgesteckt. Das Haus war innen so makellos wie außen. Keine Spur von Möbeln bis auf ein paar Kissen und sehr niedrige Tische. Auf dem Fußboden lagen Matten. »Wer ist das?«

»Das ist Patricia von Tief-unten, aus Australien«, sagte Plumps-O-moto bedeutungsvoll. »Ich wollte, daß sie uns besucht. Also hab' ich sie hergegaukelt.«
»Herzlich willkommen, Patricia! Bitte, komm herein und setz dich! Aber zuerst laß mich dir die Schuhe ausziehen.« Sie kniete nieder und half dem Mädchen aus den Schuhen. »Es ist bei uns so Sitte, im Haus keine Schuhe zu tragen. Das hält die Wohnung sauber.«
»Was für eine gute Idee, Frau Plumps-O-moto. Wir machen das bei uns zu Hause nicht«, sagte das kleine Mädchen. »Aber bei Ihnen ist alles so sauber und anders! Überhaupt nicht wie auf unserer Station.«
»Wie bitte, Station?«
»Ihre Station ist so groß oder größer als die größte Farm in ganz Japan«, sagte Plumps-O-moto. »Eine Station tief unten ist nämlich wie eine Farm.«
»Ach, wirklich?«
»Entschuldigen Sie, *oba-chan,* aber wie soll ich Sie anreden?«
»Mein Name ist Minamoto-Plumps-O-moto. Aber du kannst mich To-chan nennen. Möchtest du Tee?«
»Danke, To-chan.« Als sich das kleine Mädchen unbeholfen auf ein Kissen auf dem Mattenfußboden setzte, glitt ihm eine Krücke aus der Hand und fiel hinunter, aber Plumps-O-moto bekam sie gerade noch zu fassen. »Simsalabumps hat diesmal keinen Bumps gemacht«, meinte er lachend und erklärte dann seiner Mutter, was es mit den Namen der Krücken auf sich hatte.
»Ah, jetzt verstehe ich. Tut mir leid, daß du krank warst, Patricia. Jetzt aber wollen wir unseren Tee trinken.« To-chan klatschte in die Hände und sagte geheimnisvoll: »Geister, Geister, hört ihr meine Worte: *Minamoto-plumpsomoto-minamoto-plumpsomotooooo*! Wir möchten gern Tee. Bitte, drei Tassen!«
Und ehe sie sich's versahen, erschien ein Tablett mit einer Teekanne und drei henkellosen Tassen.
Das kleine Mädchen klatschte vor Entzücken in die Hände. »Oh, das war wunderbar! Können Sie mir das beibringen, To-chan?«
»Alles zu seiner Zeit, Patricia, zur Geisterstunde.« To-chan goß den Tee ein. Er war grün, ohne Milch und Zucker. Ungewohnt, aber schmackhaft und sehr fein.

Die wunderschöne Frau hielt überrascht inne, als sie das kleine Mädchen im Türrahmen sah

»Ich habe noch nie jemanden aus Australien getroffen, zu schade. Also erzähl mir bitte alles von deiner Heimat, von der Station und deinem Leben.«
Das kleine Mädchen, dem warm ums Herz geworden war und das sich ganz zu Hause fühlte, begann zu erzählen. Dann berichtete Plumps-O-moto, wie sein erster Trick fehlgeschlagen und wie sie hierher gekommen waren.
To-chan schalt ihn sanft. »Du hast vergessen, an deinem linken Ohrläppchen zu ziehen, nachdem du die Zauberformel gesagt hattest. Wenn wir unseren Tee getrunken haben, muß ich Großvater im Wald besuchen. Wir gehen zusammen, damit du nicht wieder verlorengehst.«
»Darf ich mitkommen, To-chan? Bitte!« sagte das kleine Mädchen.
»Natürlich, natürlich darfst du.«
»Oba-chan«, warf Plumps-O-moto ein, »könnten wir es nicht – nur dieses eine Mal – einrichten, daß sie ihre Krücken hier läßt? Sie steht doch irgendwie unter einem Zauber ... und, ehrlich gesagt, Patricia hat es schwer. Fällt dir nicht irgendein Gegenzauber ein, bitte, für Patricia?«
To-chan dachte einen Augenblick nach. Dann sagte sie: »Nun, Patricia kann ihre Krücken, aber nur für dieses eine Mal, hier lassen, aber einen Spazierstock braucht sie schon.« Sie ging ins Innere des Hauses und kam mit einem alten, knorrigen Stock zurück. »Der hat mal meinem Urgroßvater gehört, der Stock wird dir helfen, Kind. Aber paß auf, denn auch Zaubern geht nicht ohne Hilfe. Jetzt fassen wir uns alle an den Händen, sprechen die Zauberworte und dann ziehen wir an unseren linken Ohrläppchen. Fertig?«
»Ja«, antworteten die Kinder, und das kleine Mädchen war sehr aufgeregt.
»Geister, Geister, hört meine Worte: *Minamoto-plumpsomoto-minamoto-plumpsomotooooo.«* Dann sprach To-chan die geheime Zauberformel. Alle drei zogen an ihren Ohrläppchen, und mit einem Mal waren sie in einem großen Wald mit herrlichen Bäumen und einer lieblichen Lichtung neben einem kleinen Wasserfall, der vom Firmament herunter in einen klaren Fluß sprudelte. Über den Fluß führte ein winziger Brückenbogen, und auf der anderen Seite stand eine kleine Hütte mit blaugrünen Dachziegeln. Rauch stieg von einem kleinen Feuer auf, das im Garten flackerte, und über dem Feuer hing ein riesiger Kessel.

»Da wären wir«, sagte To-chan. »Kommt mit! Alles in Ordnung, Patricia?«
»Nun, ich glaub schon.« Sie stützte sich auf ihren Stock und machte einen Probeschritt. Es war höchst seltsam, aber sie stand ganz fest. Und noch einen Schritt und noch einen. Der Stock trug den Hauptteil ihres Gewichts.
»Geht's, Patricia?« fragte Plumps-O-moto ganz besorgt.
»O ja, ja«, antwortete das kleine Mädchen strahlend, während es zusah, wie sich einer seiner Füße vor den anderen setzte, genau wie bei anderen Kindern – nur daß seine Beine etwas zitterten und so ein merkwürdiges Gefühl in ihnen war.
»Das ist ja wunderbar, To-chan!«
Aber gerade als sie die Mitte der Brücke erreichten, verdunkelte sich der Himmel, und ein eisiger Wind begann an ihren Kleidern zu zerren. Dann hörten sie aus dem sie plötzlich umgebenden Nebel das Knacken von Zweigen. Die Geräusche wurden immer lauter, kamen immer näher, und Plumps-O-moto und das kleine Mädchen verkrochen sich in To-chans Kimono.
»Ojemine, was ist das?« schrie das kleine Mädchen auf.
»Schnell, schnell, wir müssen rennen.« To-chan nahm das Mädchen auf den Arm und floh mit Plumps-O-moto vor dem Geräusch. Aber das Brausen folgte ihnen. Sie rannten schneller, und der Wind wurde immer stärker. Er zerrte an ihnen und hinderte sie am Laufen. Immer weiter ging's, durch den Wald, die Täler hinunter, die Hügel hinauf, über die Brücken, an den Reisfeldern entlang, den verschlungenen Bergpfad hinauf, während die Blätter und Blüten, die der peitschende Wind losgerissen hatte, um sie herumwirbelten. Plötzlich endete der Pfad, und da war nur noch ein steiler Abgrund vor ihnen.
»Ach, lieber O, es ist schrecklich, O-moto! Wir sind in einer Falle!« rief To-chan angstbebend.
»Wer ist das? Was ist das? Wer, was?« schrie das kleine Mädchen, das sich an seinen Stock klammerte.
Dann ertönte aus dem Wald eine gewaltige, grausame Stimme: »Ich bin's, Nurku der Böse!« Das kleine Mädchen rang nach Luft. Bäume wurden zur Seite gedrückt. Die Erde erbebte. Nurku ragte hoch bis zum Himmelszelt, und er war ganz in Feuer gekleidet. Er hatte fünf Augen und blaues Haar und an jeder Hand

… und einer lieblichen Lichtung neben einem kleinen Wasserfall,
der vom Firmament herunter in einen klaren Fluß sprudelte

zehn Finger. Seine Nägel glichen riesigen Messern, und von den Spitzen tropfte grünes Gift. »Uh, du widerliches Ungeheuer! Geh weg!« rief das kleine Mädchen voll Furcht und Schrecken.

»Dich will ich gar nicht, kleines Mädchen, dich hab' ich schon! Ich will Plumps-O-moto. Seinetwegen bin ich gekommen!« röhrte Nurku, und seine Stimme hallte in der großen Schlucht unter ihnen, und die Felsen über ihnen warfen das Echo zurück.

»Das darfst du nicht! O nein!« Das kleine Mädchen humpelte am Stock auf ihn zu, obwohl sie sich vor Angst kaum aufrechthalten konnte. »Du verschwindest, oder ich rufe meinen Dad, und der schlägt dich zusammen.«

Aber Nurku der Böse brach nur in brüllendes Gelächter aus. Der Luftstoß seines faulen Atems warf das kleine Mädchen auf den Boden. Sie versuchte sich wieder hochzurappeln, als To-chan hinter ihnen brüllte: »Schnell, mein Sohn, verteidige dich! Verteidige sie! Du mußt den Kampf allein durchstehen. Aber paß auf, daß er dich nicht mit seinen Nägeln berührt!«

So angefeuert, stürzte Plumps-O-moto sogleich vorwärts. Er half dem kleinen Mädchen auf die Füße und stürmte dann auf Nurku den Bösen los. Dabei versuchte er, seine Furcht zu bezähmen, und er fuchtelte mit den Händen und machte alle Zauberzeichen, die er kannte. Mit seiner kleinen Piepsstimme rief er: »All ihr Geister, groß und klein, hört meine Worte: *Plumpsomoto-razimoto-spatzimoto – alle-moto*!« und er fügte jene besonderen Zauberworte hinzu, die nur gesprochen, nicht aber geschrieben werden können. Und siehe da: Er begann zu wachsen und zu wachsen, und dann war er genauso groß wie Nurku der Böse. Die Stöckchen in seinem Gürtel wurden Schwerter, die er mit lautem Gebrüll gegen das Ungeheuer schwang.

Nun entbrannte am Rand des Abgrunds der Kampf. Jeder ging auf den anderen los, doch keiner traf. Sie umkreisten einander und warteten darauf, daß der andere sich eine Blöße gab. Plötzlich schlug Nurku los. Die Nägel des Dämons schlitzten Plumps-O-motos Kinomo auf, aber, welch ein Glück, die vergifteten Krallen kamen, da Plumps-O-moto zurücksprang, mit seiner Haut nicht in Berührung.

Wieder umkreisten die beiden einander und lauerten auf eine Blöße des Gegners, dann machte Plumps-O-moto einen Schritt zur Seite und hieb mit seiner ganzen Kraft auf das Ungeheuer ein. Sein Schwert sauste durch die Luft und schlug dem Unhold den Kopf ab. Aber damit war der Kampf noch nicht gewonnen, denn alle drei stöhnten laut auf, als gleich darauf ein noch gräßlicherer Kopf an Stelle des vorigen wuchs. Statt fünf Augen waren da nun zehn, und das ganze Haupt war mit riesigen Stacheln übersät.

Nurku der Böse war krebsrot vor Wut, und er heulte: »Dir werd' ich's zeigen, Plumps-O-moto!« Wie besessen sprang er auf den Jungen zu und drängte ihn bis an den äußersten Rand des Abgrunds.

Entsetzt sahen To-chan und das kleine Mädchen zu, wie Plumps-O-moto fast verloren auf der Felskante schwankte. Mit ungeheurer Anstrengung fand er das Gleichgewicht wieder. Als Nurku erneut auf ihn lossprang, witschte er zur Seite und hieb auf den Feind ein. Der Schlag saß, und Plumps-O-moto säbelte dem Ungeheuer einen Arm ab, aber sogleich sproß ein neuer Arm hervor, noch größer als der erste.

»Du wirst mich nie besiegen, nie!« brüllte Nurku. Die Erde bebte, als er vor Wut aufstampfte. Unerschrocken behauptete der Junge seine Stellung, umkreiste unablässig den Gegner und ging dann erneut zum Angriff über. Aber diesmal war er unachtsam, und das Schwert wurde ihm aus der Hand gerissen.

Sofort zielte Nurku nach ihm. Verzweifelt gab das kleine Mädchen einen Warnschrei von sich. Erst in der allerletzten Sekunde hörte ihn Plumps-O-moto, und er schnellte wie ein Fisch zur Seite, sprang auf die Füße und stürzte davon. Dann griff er ohne Vorwarnung wieder an und umklammerte die Brust des Ungeheuers, wobei er ihm die Arme fest an die Seiten preßte.

So kämpften sie an der äußersten Kante des Abgrunds, und der Boden unter ihnen begann nachzugeben.

»Weiter so, O!« rief das kleine Mädchen, das ihm Mut machen wollte, obwohl es selbst schreckliche Angst hatte – wo es ja auch noch so winzig im Vergleich zu den beiden Kämpfenden war. »Du mußt gewinnen!«

»Halte durch, Sohn! Halte durch, um deines Lebens willen!« brüllte To-chan.

… die Hügel hinauf, über die Brücke hinüber …

»Du mußt gewinnen!« rief das kleine Mädchen aus vollem Halse. »Du mußt gewinnen, Plumps-O! Ich weiß, du kannst es.«
Sie sahen hilflos zu, während der Kampf weiterwütete. Immer noch hielt Plumps-O-moto Nurku umschlungen. Aber seine Kräfte begannen zu erlahmen. Das Mädchen und To-chan wußten, das Ende war nahe. Dann tat Nurku geschickt so, als rutsche er aus, machte statt dessen aber eine Drehung, so daß der Junge fast den Boden unter den Füßen verlor. Doch gelang es ihm, sich festzuhalten, aber er mußte verzweifelt den Griff ändern. Sofort sah Nurku der Böse die Blöße. Seine vergifteten Nägel kamen näher und näher, immer näher. Aber Plumps-O-moto hatte ihn nur hereingelegt, um ihn aus dem Gleichgewicht zu bringen, und mit letzter Anstrengung riß er nun den rasenden Unhold hoch und schleuderte ihn in den Abgrund hinunter.
»Wie schlau du bist, O!« rief das kleine Mädchen entzückt. »Gut, O, gut, O!«
»Gut gemacht, mein Sohn, gut gemacht!« lobte ihn To-chan.
»Dank dir, Mutter, dank dir, Patricia!« Plumps-O-moto spähte zu ihnen hinunter, während ihm der Schweiß in großen Rinnsalen herunterlief und sein Atem ein einziges Keuchen war und wie ein Sturmwind klang.
»Seid ihr beide in Ordnung?«
»O ja, o ja!«
»Gut gemacht, mein Sohn!« To-chan hatte ihre helle Freude an ihm. »Das hast du wirklich phantastisch gemacht. Vielleicht schrumpfst du aber jetzt besser wieder auf unsere Länge.«
»Tut mit leid«, sagte er, »aber ich brauche dabei Hilfe, *oba-chan.*«
Im nächsten Augenblick hatte er seine normale Größe wiedererlangt, und die beiden beglückwünschten ihn nochmals. To-chan vergewisserte sich, daß er auch nirgendwo den kleinsten Kratzer hatte, und als Zusatzschutz beschwor sie ein paar Zauberworte. »Du hast dich selbst geschützt, mein Sohn, und auch uns geschützt. Leider gibt es selbst für Zauberer Zeiten, in denen du – du ganz allein – bestimmte Kämpfe ausfechten mußt. Noch einmal: Gut gemacht. So, jetzt kommt! Nun sind wir sicher.«
Also machten sie sich auf den Rückweg, und da der Spazierstock des kleinen

Mädchens verzaubert war, hatte es den Eindruck, sehr gut laufen zu können, ohne sich weiter auf ihn zu stützen.

»O wie herrlich! Meine Beine fühlen sich komisch an, To-chan, aber ich werd's schon schaffen.«

»Paß auf, Patricia!« ermahnte To-chan sie. »Immer nur wenig auf einmal, und denk daran, trag den Spazierstock immer bei dir! Vergiß es nicht!«

»Bestimmt nicht, To-chan.«

»Gut. Jeden Tag gehst du ein Stück weiter, und wer weiß – schließlich warst auch du sehr tapfer, nicht wahr, mein Sohn?«

»O ja.«

Glücklich gingen sie den Weg, den sie gekommen waren, zurück. Sie ließen sich Zeit dabei, und das kleine Mädchen konnte ausruhen, wann immer es wollte. Die Sonne schien auf sie herab, und die Vögel und Insekten hießen sie willkommen.

Das tat auch Großvater Kazimoto-minamoto-toramoto-maximoto-plumps-O-moto Zehn.

»Also, Fräulein Patricia, ich bin der zehnte Zauberer in der Familie«, sagte er bedeutsam.

»Ja«, fügte To-chan hinzu, »und der klügste.«

»Nicht der klügste«, kicherte der alte Mann und hielt sich vergnügt den dicken Bauch, »aber bestimmt der durstigste.«

»Trinken Sie Bier wie mein Dad?« fragte das kleine Mädchen.

»Nicht Bier, sondern Sake. Das ist so was wie Wein. Wir trinken ihn immer warm. Möchten Sie ihn mal probieren?«

Sie nippte. Ihre Nase wurde ganz von alleine kraus. »Ach, ich glaube, ich muß warten, bis ich groß bin. Ich mag auch kein Bier.« Und dann erzählten sie dem Großvater alles, und er beglückwünschte sie, daß sie dem Unhold Nurku entronnen waren. »Nurku der Böse ist ganz, ganz schlimm. Nur wenige entkommen ihm, und wenn einen erst eine seiner Klauen geratscht hat, liebes O-motolein, dann kriegt er die Krankheit.«

»Ja«, sagte das kleine Mädchen, »ja, das stimmt. Ich kann mich zwar nicht erin-

»Noch einmal: Gut gemacht. So, jetzt kommt! Nun sind wir sicher.«

nern, daß Nurku der Böse mich geratscht hätte, aber ich bin heilfroh, daß er dich nicht berührt hat, O, und heilfroh, daß ich hier sein kann. Der Rückweg hat mir soviel Spaß gemacht, und ich habe Simsalabim und Simsalabumps ganz vergessen.« Sie erklärte Großvater Zehn, was es mit den Krücken auf sich hatte.
»Ah, jetzt verstehe ich«, sagte der.
»Großvater«, fing Plumps-O-moto an, »gibt es einen Zaubertrunk oder eine Zauberformel gegen Nurku den Bösen? Ich meine, auch wenn er jemanden schon gekratzt hat. Ich meine, für Patricia?«
»Ja und nein, Kind, nein und ja.« Der alte Zauberer runzelte die Stirn und sah das kleine Mädchen, das sein Herz bumpa-di-bumpa-di-bum schlagen fühlte, prüfend an.
»Sie war gewiß sehr tapfer, und das ist schon der erste Teil des Zaubers«, sagte er. »Aber ...« Dann schwieg er lange Zeit.
»Wie wär's mit *zu-nu-xu-plonk-u?*« fragte To-chan.
»Nein, To-chan, ich fürchte, das würde in diesem Fall gar nichts helfen. Laßt uns zuerst etwas essen, und laß mich etwas trinken, dann werd' ich 'ne Menge nachdenken.«
Und so geschah es. Die Sonne ging unter. Ein Tag und eine Nacht vergingen und noch ein Tag. Das kleine Mädchen machte sich keine Sorgen, sie hatten ihm nämlich erklärt, daß die Zauberzeit anders sei als die gewöhnliche Zeit, wirklich völlig anders. So spielte und schwamm sie im Fluß, und von Tag zu Tag ging es mit dem Laufen etwas besser, so daß sie den Stock bald nur noch mit sich herumzutragen brauchte. Abends, als sie um das Feuer herum saßen, erzählte sie ihnen Geschichten über ihr Zuhause, und daß sie mit ihrem Dad und ihrer Mum eines Tages in einem riesigen Flugzeug, groß wie eine Stadt, um die ganze Welt fliegen würde. »Natürlich würde ich lieber hierhin und dorthin gaukeln wie du«, sagte sie zu Plumps-O-moto.
»Gaukeln ist was Feines – wenn man's richtig macht. Erzähl uns von deiner Schule!« sagte Plumps-O-moto. »Die meine ist sehr schwer. Wir müssen hart arbeiten, um Zauberer zu werden.«
»Ich geh' nicht zur Schule, O. Weißt du, die Schule ist sehr weit weg, und da ich

nicht so weit laufen kann, lerne ich zu Hause. Deshalb hab' ich auch niemanden zum Spielen. Meine Mum und mein Dad geben mir Unterricht.«

Und so redeten sie tage- und nächtelang, und sie erlebten viele Abenteuer, aber nur gute. Eines Tages, als die Sonne unterging, hörten sie einen Schrei: »Plumps-O-moto!«

»Das ist Großvater Zehn. Vielleicht hat er das Zauberwort für dich. Machen wir einen Wettlauf zu ihm hin«, sagte Plumps-O-moto.

Inzwischen konnte nämlich das kleine Mädchen sogar rennen. So liefen sie um die Wette. Patricia mit To-chans Zauberstock in der Hand war Siegerin, und sie war sehr glücklich.

»Ja, Großvater?« fragte Plumps-O-moto erwartungsvoll.

»Primelöl!« stieß der alte Mann hervor. »Das ist es! Das Öl von Abendprimeln. Abendprimelöl und dazu ein oder zwei Zauberwörter, eine Menge Mut, viel Geduld, am Ohrläppchen ziehen und *kozzimotooooo*! Das sollte gehen!«

»Sehr, sehr gut, Großvater!« rief Plumps-O-moto ganz erleichtert. »Aber wo kriegen wir Abendprimelöl her?«

»Ich fürchte, das weiß ich nicht. Frag To-chan«, sagte der alte Zauberer. »Sie muß in den Zaubertümpel gucken.«

Sie rannten hinaus und fanden To-chan im Garten. »Bitte, bitte, beeil dich, *oba-chan*!« flehte Plumps-O-moto sie an, nachdem er ihr Großvaters Vorschlag erzählt hatte. »Laßt uns sofort aufbrechen.«

»*Ich* werde sofort aufbrechen, Kinder. Aber allein, ich muß allein gehen. Es gibt viele Dinge im Leben, die man allein tun muß, und dies ist so ein Fall. Es darf immer nur eine Person in den Zaubertümpel schauen. Nach dem Essen werde ich, wenn ihr beide fest eingeschlafen seid, in das Land Xanadu gaukeln, wo Kubla Khan einen stattlichen Vergnügungspark angelegt hat und Alph, der heilige Fluß, durch für Menschen unermeßliche Höhlen in ein grenzenloses Meer fließt. Dort werde ich ...«

»Entschuldigen Sie, aber das verstehe ich nicht, To-chan«, sagte das kleine Mädchen. »Wo liegt Xanadu?«

»Dort, wo ich hingehen muß. Jenseits der untergehenden Sonne. Und ich muß

Abends, als sie um das Feuer herum saßen, erzählte sie ihnen Geschichten

alleine gehen. Nun«, fügte To-chan hinzu und wechselte das Thema, »heute abend gibt es frischen gegrillten Fisch und Reis und ...« Sie erzählte ihnen von dem Mahl, das sie vorbereitet hatte, aber im Geiste war sie schon bei ihrer Reise. Sie würde lange und hart und gefährlich werden. Und wenn schon, überlegte sie, ich mache ja die Reise für Patricia.

Und so geschah es. Sie brauchte ein Jahr und einen Tag. Gangie die Böse versuchte sie aufzuhalten, ebenso der vierzigköpfige Fu, aber sie schlüpfte an ihnen vorbei und kam unversehrt nach Hause zurück. »Oh, wie ich mich freue, Sie zu sehen, To-chan«, sagte das kleine Mädchen. »Wir haben uns alle solche Sorgen gemacht. Sind Sie heil und gesund?«

»O ja«, antwortete To-chan ganz glücklich, denn auch sie war voller Freude, alle wieder zu sehen. »Aber ich habe entsetzlichen Hunger. Ich habe, seit ich aufgebrochen bin, nichts gegessen.«

»Oje!« rief das kleine Mädchen. Sie stürzte in die Küche und brachte frischen Reis und andere Speisen, die sie gerade gekocht hatte. Während To-chan weg war, hatte sie kochen und putzen gelernt, und das Haus war tadellos in Ordnung. Inzwischen brauchte das kleine Mädchen nicht einmal mehr seinen Spazierstock festzuhalten. Sie steckte ihn einfach in den Gürtel, der in der Taille den Kimono zusammenhielt und den Großvater Zehn ihr geschenkt hatte.

»Das schmeckt aber sehr gut, Patricia!« sagte To-chan ganz erfreut über deren Fortschritte.

Als Großvater Zehn auftauchte und das kleine Mädchen ihm warmen Sake gegeben hatte, begann To-chan: »Das Abendprimelöl stammt von einer kleinen gelben Blume, die man in vielen Wäldern und Lichtungen und an anderen geschützten Stellen in der ganzen Welt findet. Aber dieses besondere Abendprimelöl gegen die Krankheit Nurkus des Bösen, das Patricia braucht, kommt aus einer fernen Gegend, die Allgäu heißt, und ...«

»Oh, ich kenne das Allgäu«, platzte das kleine Mädchen heraus. »Dort kommt meine Mum her! Es liegt im Süden Deutschlands.«

»Das ist eine große Hilfe, Patricia«, sagte To-chan. »Es gibt nämlich im ganzen Allgäu nur eine besondere Lichtung für dein Öl, so sagte man mir, und diese

Lichtung gehört einem mächtigen Zauberer mit Namen Horst von Rotnasenbiertrinker.«
»Dem alten Rotnasenbiertrinker? Den kenn' ich!« Großvater Zehn lief rot an im Gesicht und kippte vor lauter Aufregung seine kleine Sakeschale um. »Ich traf ihn bei einer unserer Versammlungen, oh, vor achthundertzwanzig Jahren.«
»Du meine Güte«, rief das kleine Mädchen, »das ist aber lange her, Großvater Zehn!«
»Ja. Aber für einen Zauber ist das nicht lange. Es ist wie gestern, Patricia«, sagte er. »Warte mal 'nen Augenblick, ich glaube, ich hab' irgendwo seine Visitenkarte.« Schließlich fand er sie. »Die Zauberlichtung befindet sich tief in den Bergen bei einem Schloß. Dort tanzen die Feen um einen riesigen Baum, einen *Kami*-Baum. Ein *kami* ist ein guter Geist, Patricia. Aber, *o-mista-moto,* es scheint, ich kann gar nicht hin und To-chan auch nicht ...«
»Ich werde gehen«, sagte Plumps-O-moto sogleich. »Ich werde gehen.«
»Aber es kann sehr schwierig werden, und es lauern viele Gefahren.«
»Ich hab' keine Angst. Es ist ja für Patricia.«
Das kleine Mädchen sagte: »Wenn Gefahr damit verbunden ist, dann darfst du nicht gehen. Du hast für uns schon genug gekämpft. Ich hab' Angst um dich.«
»Ach was! Ich hol' dir das Abendprimelöl.«
»Nein. Hm ... außer ich komme mit. Das wäre doch fair.«
Sie begannen zu streiten, aber freundlich. Dann einigten sie sich, denn To-chan fand *die* Lösung: Nur dieses eine Mal, wirklich nur für diese eine Reise könnte das kleine Mädchen eine Zauberschülerin werden.
»Oh, danke«, sagte sie und klatschte vor Freude in die Hände. »Wie gern würde ich eine Zauberin werden!«
»Dann bist du eine! Du hast den Anfang der Zauberformel selbst gesagt. Aber du mußt deinen Stock mitnehmen«, sagte To-chan.
»Selbstverständlich, das mach' ich. Ich verspreche es. Und ich verspreche, ihn nicht zu verlieren.«
Daraufhin sprach Großvater Zehn die anderen Zauberworte. Er machte die Zauberzeichen und winkte mit seiner Zauberhand.

Und überall um die beiden herum war ein Teppich von kleinen, gelben Blumen

»Hier!«
»Oh!«
»Jetzt bist du eine Zauberschülerin.«
»Aber ich fühl mich nicht anders«, antwortete das kleine Mädchen. »Kann ich jetzt einen Trick ausprobieren?«
»Noch nicht, Patricia«, sagte der Großvater. »Plumps-O muß dir das erst beibringen.« Er gab ihnen viele gute Ratschläge und Anweisungen und fügte dann hinzu: »Nun aber los mit euch! Und denk daran, Patricia, wenn der Himmel ganz dunkel wird und der Wind heult und die Bösewichte dieser Welt hinter dir her sind, dann schnaubst und fauchst du: *Minamoto-kozzimoto-finkelmoto-Patriciamotooooo,* und alles kommt wieder in Ordnung. Aber vergiß nicht, daß der Zauberspruch nur einmal nützt, deshalb sei vorsichtig. Und tu immer, was Plumps-O sagt.«
Wieder versprach sie es. Dann gingen sie zur Mitte der Brücke.
»Viel Glück, O, viel Glück, Patriciamoto! Kommt bald wieder!« Der alte Zauberer und To-chan, die Zauberin, winkten ihnen zum Abschied, Plumps-O-moto sprach die Zauberformel, und sie gaukelten los.
»Oh, das ging aber schnell!« meinte das kleine Mädchen.
Im Wald war es ganz still. Der Tag neigte sich. Die Sonne schimmerte durch die Zweige und ließ alle Blätter golden leuchten. Ganz in der Nähe strömte ein Fluß ruhig dahin. Die Vögel spielten in den Zweigen und riefen einander etwas zu. Und überall um die beiden herum war ein Teppich von kleinen, gelben Blumen.
»Sind das die Abendprimeln?« fragte sie atemlos.
»Klar sind sie das«, krächzte eine Stimme. Erschrocken wirbelten sie herum. Aber nirgendwo war jemand zu sehen.
»Herr Horst von Rotnasenbiertrinker? Sind Sie das?«
»Klar bin ich das. Und wer bist wohl du?«
»Ich bin Plumps-O-moto, und das ist Patricia und ...«
»Ich weiß, wer du bist. Der alte Zehn hat mich übers Zaubertelefon angerufen. Weißt du das nicht?«

Unter einem umgefallenen Baum schlüpfte ein Knirps hervor mit einem Bierkrug in der Hand. Er schwankte von einer Seite zur anderen. Seine Kleider waren von oben bis unten grün, beim Hut angefangen bis zu den Schuhen mit den Silberschnallen. Und seine Nase war ganz rot. Er war ein bayerisch-schwäbischer Kobold. Erst nahm er einen Schluck Bier, dann blinzelte er zu dem kleinen Mädchen hinauf. »Du hörst dich wie jemand von uns an.«
»Bin ich aber nicht«, antwortete sie höflich. »Ich komme von Tief-unten, Australien genannt, aber meine Mutter stammt aus dieser Gegend.«
»Hm! Du hörst dich an wie jemand von uns. Tief unten? Bin da mal sogar selbst gewesen, im Urlaub. Hmmmm! Also du willst etwas von meinem Abendprimelöl. Der Vorrat ist knapp zu dieser Jahreszeit.«
»Bitte!«
»Ja, bitte«, stimmte Plumps-O-moto mit ein. »Es ist für sie. Als sie klein war, hat Nurku der Böse sie angerührt.«
»Hmmmmm!« Der Kobold kratzte sich an der Nase. »Das ist wirklich ein Teufel, der Kerl! Also gut, mein kleiner Spatzenmann, aber denk daran, du kannst nur ein Fläschchen von dem APÖ haben, für immer, das ist die Regel, und du mußt mir dafür auch 'nen Gefallen tun.«
»Jeden. Ich werd' mir große Mühe geben«, versprach Plumps-O-moto.
»Gut. Ich will vier Fässer gutes bayerisches Bier, so groß wie jener Baum da und so rund und dick wie ein Elefant. Einverstanden?«
Sie sahen zum Baum hin. Er reichte bis in den Himmel, und seine Blätter waren von einem goldenen Rot. Plumps-O-moto wußte, daß es der *Kami*-Baum war.
»Ich werd's versuchen«, sagte er tapfer, aber in seinem Inneren machte sein Herz dabei bumpa-di-bumpa-di-bum.
»Gut. Bis zum Einbruch der Nacht, Kerlchen, vergiß es nicht! Du kommst jetzt mit mir, kleines Mädchen. Während Herr Plumps-O-moto mir mein bayerisches Bier verschafft, schauen wir nach dem APÖ.«
Das kleine Mädchen blickte Plumps-O-moto an. Er nickte. »Patricia, du gehst mit Herrn Horst von Rotnasenbiertrinker, ich muß mich ranhalten.«
Sie gehorchte. Sie gingen zu einer wunderschönen Lichtung. Der Boden war

Hier und dort standen leuchtende Büschel von Primeln und Farnen

weich von all den Tannennadeln. Hier und dort standen leuchtende Büschel von Primeln und Farnen, und Horst von Rotnasenbiertrinker sang ein Liedchen und wartete, bis die Sonne die Erde berührte. Dann begann er ein anderes Lied zu singen, sanft und süß, und er ging zu bestimmten Pflanzen, nicht zu allen, und bat sie um ihren geheimen Saft. Einige machten mit, einige weigerten sich. »Die sind ziemlich ekelhaft, die Abendprimeln, weißt du«, flüsterte der Kobold dem kleinen Mädchen zu. »Wann hat dich denn Nurku der Böse in die Finger bekommen?«
»Ich glaube, es war so vor drei Jahren«, antwortete sie. »Ich erinnere mich nicht genau. Fast hätte er vor kurzem Plumps-O-moto erwischt, aber der hat ihn besiegt.«
»Da hat er aber Glück gehabt. Man muß die ganze Zeit auf der Hut sein bei Nurku. Der ist überall ... nur hier nicht. Hmmmm! Kriegt man von der Arbeit einen Durst!« Er hielt inne und griff unter ein Moospolster. Seine Hand brachte eine große Flasche Bier zum Vorschein. Er goß seinen Becher voll und trank ihn aus. »Das tut gut! Und jetzt, Patricia, Madl, müssen wir schnell machen wie der Blitz. Wenn es dunkel wird, gibt's kein APÖ mehr.«
Sie folgte ihm von Pflanze zu Pflanze und dankte denen, die etwas gaben, für ihren Saft. Bald kam der Abend. Aber nun war das Fläschchen, das der Kobold mit sich trug, auch fast voll. Das Öl der Abendprimeln hatte eine goldene Farbe und roch so süß, so ungeheuer süß.
»Famos und bestens! Das reicht!« meinte Horst von Rotnasenbiertrinker. »Jetzt aber zu mei'm Bier!«
Sie gingen zu dem freundlichen Platz zurück, wo Plumps-O-moto auf sie wartete. »Oh«, meinte der Kobold und verzog das Gesicht. »Was ist denn das?«
Plumps-O-moto war am Ende seiner Kräfte und den Tränen nahe. »Ich hab' mein Bestes getan«, meinte er. »Aber es sind nur zwei Fässer, und sie sind auch nicht annähernd so hoch wie besagter Baum, und sie sind nur so dick und rund wie ein Schaf, nicht wie ein Elefant.«
»Das macht nichts, Plumps-O«, sagte das kleine Mädchen traurig. »Du hast dich wacker geschlagen. Wirklich sehr wacker. Ich könnte nicht mal eine Maß Bier herbeischaffen. Mach dir nichts draus!«

»Hmmmm!« Der Kobold schüttelte den Kopf und stapfte zu dem ersten Faß, um es anzuzapfen. Das Bier schäumte in seinen Becher. Er trank ihn sofort aus. Dann ging er zum zweiten Faß und probierte es ebenfalls. Wieder trank er den ganzen Becher leer. »Hmmmm! Es ist gutes Bier, kein Zweifel, obwohl du dich nicht wirklich an unsre Abmachung gehalten hast, oder?«
»Bitte, kann ich's morgen noch mal versuchen?« fragte Plumps-O-moto. »Ich glaube, ich bin jetzt ein bißchen müde.«
»Nein, nix morgen ... Überhaupt nie wieder! Tut mir leid, Bursche, aber das ist die Abmachung.« Horst von Rotnasenbiertrinkers Nase wurde noch röter. Dann strahlte er übers ganze Gesicht. »Ich weiß was! Da du dein Bestes getan hast, tu ich auch mein Bestes. Hier, nimm mein APÖ, und nichts wie fort mit dir!«
Die beiden konnten gar nicht aufhören, ihm zu danken. »Aber Herr Horst von Rotnasenbiertrinker«, sagte Plumps-O-moto, »was macht Patricia mit dem Abendprimelöl?«
»Einnehmen soll sie es natürlich. Immer nur wenig, einen Tropfen am Tag, und zwar zur Abendstunde. Sie muß dazu die Zauberworte sagen: *Omm Manie-Padmie-Humm zur Stunde des großen Geistes. Bald und in Bälde klingeli, klingeli-tock.* Danke für das Bier, Plumps-O-moto. Ich ...« Horst von Rotnasenbiertrinker hielt inne. Die Farbe wich aus seinem Gesicht. Über ihm begann der Himmel sich zu verdunkeln. In den Baumkronen fing der Wind an zu greinen. »Tut mir leid, Kinder. Ich muß gehen. Dieser Platz ist jetzt nix mehr für Leute wie mich. Paßt auf das APÖ auf! Mehr werdet ihr nie bekommen.« Geschwind wie ein Blitz trippelte er davon und verschwand.
»Ach, du liebe Güte!« Plumps-O-moto und das kleine Mädchen rückten enger zusammen. Er legte den Arm um ihre Schultern, und sie legte ihren Arm um ihn und stützte sich fester auf den Spazierstock. Der Himmel wurde immer dunkler und dunkler. Der Wind wirbelte Blätter und Blüten hoch. Sie hörten die Primeln Warnrufe ausstoßen: »Schließt eure Häuser! Versteckt euch am Boden! Maldun, der böse Waldkönig, kommt.«
»Mach dir keine Sorgen, Patricia! Ich beschütze dich«, sagte Plumps-O-moto. Bumpa-di-bumpa-di-bum klopfte sein Herz.

Und sie hielt Maldun die Ölflasche hin.
Der hatte sich inzwischen überall um sie herum zu einem dichten, tödlichen Wald ausgebreitet

»Mach du dir keine Sorgen, O, ich helfe, wo ich kann.« Bumpadi-bumpa-dibum machte ihr Herz. »Schnell, schnell, gaukle uns fort!«
»Ja, warte! Jetzt: *Minamoto-kozzi* ... *kazi* ... Oje!« rief er. »Ich hab' das nächste Wort vergessen ... das nächste Wort.«
»Ojemine! Ojemine! Schnell! Streng dich an, O! Streng dich ganz fest an!«
Der Wind heulte nun. Die Bäume bogen sich unter seiner Wucht. Dann – ganz plötzlich – war alles still. Und *er* erschien: riesig, mit acht Armen, die knorrigen Ästen von alten Bäumen glichen, und glühenden Augen und einer Stimme, die den ganzen Wald durchdrang.
»Gebt mir mein Abendprimelöl! Es gehört mir, mir! Gebt es mir, oder ich schleppe euch in den Schlund der Finsternis!« Und überall um sie herum sprossen böse, dunkle Bäume aus der Erde, die ihnen den Weg versperrten, sie einschlossen. Jetzt gab es kein Entkommen. »Schnell, mein APÖ, oder ich fresse euch!«
»Nein, böser König des Waldes, nie. Es gehört Patricia«, brüllte Plumps-O-moto zurück. Obwohl er schnaufte und fauchte, wuchs er nicht einmal ein winziges Stück. »O lieber, *O-mista-motooooo*!« Immer wieder versuchte er es, aber sein Zauber taugte überhaupt nichts. »Du kriegst das Abendprimelöl nicht. Es gehört Patricia!«
»Entweder mein Öl oder ihr!«
»Nein, laß O in Ruhe!« rief das kleine Mädchen.
»Entweder mein APÖ oder Plumps-O-moto«, brüllte Maldun, der böse Waldkönig. »Also gut, komm mit, O!« Ein Wirbelwind umtoste Plumps-O-moto und hob ihn in die Luft, und so eifrig er seine Zauberkraft auch versuchte, sie nützte überhaupt nichts. Er stieg immer höher in die Luft. Da nahm das kleine Mädchen seinen Stock und ging mit all der Kraft, die es hatte, auf das Baumungeheuer los. Sie schlug auf den Stamm ein, aber der war aus festem Holz, und oje – der Spazierstock brach entzwei. Hilflos blickte sie zum Himmel hoch. Plumps-O-moto war nur noch ein Fleck, der in Richtung des finsteren Schlundes trieb.
»In Ordnung, da hast du's«, rief das kleine Mädchen und versuchte, tapfer zu

sein. »Hier! Du kannst es haben.« Und sie hielt Maldun die Ölflasche hin. Der hatte sich inzwischen überall um sie herum zu einem dichten, tödlichen Wald ausgebreitet.

Die goldene Flasche zitterte in der Hand des Mädchens, denn sie wollte nicht weg. Die Primeln jammerten, stöhnten und weinten alle.

»Hier! Du kannst mein Abendprimelöl haben, böser König des Waldes«, wiederholte sie, völlig überzeugt, daß sie die Kostbarkeit nie wieder erlangen würde. »Aber nur, wenn du O losläßt.«

»In Ordnung, aber erst mein APÖ«, grummelte der böse Waldkönig und streckte einen knorrigen Arm nach der Flasche aus.

»Nein«, entgegnete sie tapfer, obwohl sie vor Angst kaum sprechen konnte. »Nicht, ehe O wieder da ist.«

»Erst mein APÖ«, röhrte Maldun. »Sofort!«

»Nein, nie!« Das Mädchen schreckte zurück und hielt die Flasche hoch. »Bring O wieder her, oder ich ... ich verschütte jeden Tropfen.«

»Nein ... nein ... Warte! Laß uns reden!«

»Schnell, oder es ist weg ...«

Sie verspritzte den ersten Tropfen, und Maldun schrie auf: »In Ordnung!«

Sofort legte sich der Sturm, und bald kam Plumps-O-moto zurückgeschwebt. Es schien eine Ewigkeit zu dauern, aber dann landete er mit einem Plumps auf der Erde. Maldun, der böse König des Waldes, griff nach der Flasche, aber blitzschnell rief das kleine Mädchen: *»Minamoto-kozzimoto-funkelmoto-Patriciamotooooo!«*

»Oh, oh ohohohohoh!« Der böse Waldkönig begann in sich zusammenzufallen. Der dunkle und böse Wald fing zu schrumpfen an. Der nachlassende Wind heulte ein letztes Mal auf, und dann verschwand Maldun – und mit ihm waren die bösen Bäume, der böse Wind und die böse Dunkelheit weg. Durch die Wolken brach die Sonne, und auch die Insekten tauchten wieder auf, und alle Primeln seufzten erleichtert auf und beglückwünschten die beiden zu ihrer Rettung.

»Patriciamoto, ganz ehrlich, du allein hast das geschafft, du hast das gemacht! Du bist eine echte Zauberin.«

Plumps-O-moto tanzte um sie herum und klopfte den Schmutz und die Blätter von seinen Kleidern

Plumps-O-moto tanzte um sie herum und klopfte den Schmutz und die Blätter von seinen Kleidern. »Oh, wo ist das Alpenprimelöl?«

»Hier, hier«, sagte das kleine Mädchen und hob die Flasche vorsichtig auf. Sie war noch heil, und von der kostbaren, goldenen Flüssigkeit war nichts vergossen. »Es ist alles in Ordnung. Aber sieh nur, O!« Sie zeigte ihm die beiden Enden des abgebrochenen Spazierstocks. »Ich fürchte, der ist hin.«

»Macht nichts. *Oba-chan* wird ihn schon wieder hinkriegen.« Er steckte die beiden Teile in ihren Gürtel. »Macht wirklich nichts. Nimm jetzt den ersten Tropfen vom Öl! Es ist die erste Abendstunde, Patricia.«

»Gut.« Sie setzte die Flasche an. »Es schmeckt gut, aber seltsam.« Dann sagte sie die Zauberworte auf: *»Omm Manie-Padmie-Humm zur Stunde des großen Geistes. Bald und in Bälde klingeli, klingeli-tock.«* Alle Furcht und aller Schrecken wichen von ihr. Sie spürte, wie ihr Herz langsamer schlug und es in ihren Beinen prickelte. »Plumps-O, ich glaube, es wirkt wirklich! Wenn nur ...«

»Nimm noch etwas!«

»O nein, ich darf am Tag nur einen Tropfen nehmen, nur ganz wenig. Das hat doch Horst von Rotnasenbiertrinker gesagt.« Sie blickte um sich. »Meinst du, es geht ihm gut?«

»O ja!« Plumps-O-moto kicherte. »Es wird ihm wie Großvater Zehn gehen, er wird fest schlafen.«

»Um so besser! Meinst du nicht, du solltest uns jetzt nach Hause gaukeln?«

Er machte ein langes Gesicht, so daß es fast bis zu den Fußspitzen hinunter reichte. »Ach, ich möchte schon gerne, Patricia, aber, um ehrlich zu sein, ich bin alles andere als ein guter Zauberer. Ich hab' die entsprechenden Worte vergessen.« Wieder war er den Tränen nahe.

»Oje! Und wir sind so weit weg von Japan, O!«

»Ich weiß einfach nicht, was ich tun soll.«

Plötzlich war es wieder ganz still. Der Himmel begann sich nochmals zu verdunkeln, und schon kam ein neuer Wind auf.

»Maldun kommt zurück. Schnell, O, laß dir die Worte einfallen!«

»Ojemine! Sie fallen mir aber nicht ein. Was soll ich bloß tun?«

»Ich weiß was«, sagte das kleine Mädchen hastig. »Wie gern würde ich ...« O nein, gerade noch rechtzeitig dachte sie daran, sich zurückzuhalten. Sie wollte nicht nach Hause. Sie wollte To-chan sehen und Großvater Zehn, und sie hatten ihr versprochen, daß sie rechtzeitig zum Abendbrot zu Hause sein würden, rechtzeitig zum Abendbrot. »Wie gern würde ich Großvater Zehn und To-chan sehen!« sagte das kleine Mädchen bestimmt.

Es kam ein gewaltiges Brausen, und sie fühlte, wie sie gen Himmel jagte; sie hielt den Atem an und schloß die Augen. Dann war wieder alles still, und sie machte die Augen auf. »Ach, du liebes bißchen!« sagte das kleine Mädchen und reckte sich selig in der Abendsonne. Sie war jetzt zu Hause, tief unten in Australien, und saß im Schatten des großen Jakarandabaumes in ihrem Sessel.

»Hallo, kleines Mädchen.«

»O hallo, Dad, wie geht es dir? Hattest du einen schönen Tag?«

»Vortrefflich, mein Liebling. Ich bin gekommen, um dich zum Abendessen zu holen. Hast du die Zeit schön mit Träumen verbracht?«

»O nein! Ich hatte gar keine Zeit zum Träumen, Dad.« Sie lehnte sich einen Augenblick zurück, um sich zu sammeln. »Für mich war es die beste Zeit, die ich je gehabt habe, Dad. Ich bin mit O auf Wanderschaft gegangen und habe einen Tropfen von meinem Abendprimelöl eingenommen.«

»Was, mein Herzchen? Was hast du gesagt? Primelöl?«

»Ja, tropfenweise, genau wie Horst von Rotnasenbiertrinker es mir aufgetragen hat, zusammen mit *Omm Manie-Padmie-Humm.* Großvater Zehn hat mir auch ein paar Zauberworte beigebracht.« Sie strahlte ihren Vater an. »Natürlich kann ich dir, um ehrlich zu sein, die anderen Worte nicht sagen, weil du groß bist. So hat es To-chan gesagt.«

Sie sah das Stirnrunzeln auf seinem schönen gebräunten Gesicht, und als sie in seine Augen blickte, wußte sie, er würde es nicht verstehen. Aber auch das war in Ordnung. Großvater Zehn hatte ihr erklärt, was geschehen würde, wenn sie wieder nach Hause komme, und daß man mit Erwachsenen viel Geduld haben müsse, selbst mit dem besten Dad und mit der besten Mum in der ganzen weiten Welt.

Es kam ein gewaltiges Brausen, und sie fühlte, wie sie gen Himmel jagte

»Hmm! Ich hab' wirklich 'nen ziemlichen Hunger, Dad.«
»Wer ist das, kleines Mädchen? To-chan? Manie? Rotnasenbiertrinker? Soll das ein alter Kumpel von mir sein?«
Sie lachte und schüttelte den Kopf. »O nein, obwohl der wirklich auch eine rote Nase hat und nach Bier stinkt. Herr Horst von Rotnasenbiertrinker ist ein Kobold, der tief in den Allgäuer Bergen wohnt. Weißt du, Dad, ich bin mit O, Plumps-O-moto, umhergestreift; das ist ein Zauberer; wir sind von Japan aus dorthin gegaukelt. Herr Horst von Rotnasenbiertrinker ist auch ein Zauberer, aber schon alt. Er hat mir das Abendprimelöl gegeben. Plumps-O-moto aber – der ist für immer und ewig mein bester Freund.«
»Ich würde deinen besten Freund gern einmal kennenlernen, Liebes. Plumps-O-moto? Ist er ein Freund aus deinen Träumen?«
»Aber nein, der ist echt!« Dann sah sie ihre Krücken neben dem Sessel liegen. Ihr Herz machte einen Satz. Der Schreck ließ sie erstarren. Für einen Augenblick fühlte sie sich ganz verloren.
»Was ist los?« fragte ihr Vater.
»Nichts«, antwortete sie.
»Es gibt heute Würstchen, erinnerst du dich?« fragte er.
»O ja.«
Dann dachte das kleine Mädchen daran, was Großvater Zehn gesagt hatte, und sie schob ihre Furcht beiseite und nahm sich zusammen. Sie holte tief Atem, erhob sich und stand: ohne Simsalabim und Simsalabumps. Sie sah das Erstaunen auf dem Gesicht ihres Vaters, genau wie Großvater Zehn es vorausgesagt hatte, und obwohl sie schwankte, ihre Schritte taumelnd waren und in ihren Beinen wirklich ein höchst merkwürdiges Gefühl war, ging sie die paar Schritte zu ihm, und er fing sie in seinen Armen auf.
»Oh, kleines Mädchen, kleines Mädchen, mein Liebes, wie hast du das gemacht? Wie machst du das?«
»Großvater Zehn hat gesagt, es würde zu Anfang sehr schwer sein, Dad«, sagte sie atemlos, aber überglücklich. »Ich würde mich komisch fühlen, und in meinen Beinen würde ein seltsames Gefühl sein, aber mit jedem Tag würde es etwas

besser gehen. Es kommt vom Abendprimelöl, Dad.« Sie spürte seine Kraft und seine Wärme, und wie sein Herz bumpa-di-bumpa-di-bum wie nie zuvor klopfte und – merkwürdig – über seine gebräunten Backen liefen ein paar Tränen ... Wieder hatte Großvater Zehn recht gehabt.
Sie drückte sich fest an ihn und erinnerte sich, was man ihr erzählt hatte: »Unsre Zeit ist nicht die gleiche wie eure, Patricia«, hatte Großvater Zehn gesagt. »Solche Dinge brauchen manchmal etwas länger und manchmal etwas kürzer. Hab Geduld, sei tapfer ... und hab den Glauben! Erinnere dich an die Zauberformel, und komm bald zurück!«
»O bestimmt, o bestimmt!«
»Bestimmt was, mein Liebes?«
»Wandern gehen, Dad, mit O-moto wieder auf Wanderschaft gehen. Aber zuerst, Dad, gib mir meinen Spazierstock.« Sie deutete auf ihren Sessel.
»Du meinst Simsalabim und ...«
»Nein. Die brauch' ich nicht mehr. Meinen Spazierstock. Er muß dort bei dem Sessel im Gras liegen.« Sie blieb stehen, während er zurückging.
»Da ist nur dieser alte Stock«, sagte er verwundert.
»Ja, das ist er«, antwortete sie ganz glücklich. »To-chan konnte ihn nicht mehr reparieren, aber sie meinte, ich sollte dieses Stück immer bei mir behalten und du könntest mir von dem Jakarandabaum einen richtig schönen, neuen machen. To-chan meinte, du könntest ...«
Und während des ganzen Abendessens, lange, nachdem die Sonne untergegangen war, bis spät in die Nacht hinein, erzählte sie von ihrer Wanderung, von den Erlebnissen mit Nurku dem Bösen und all den Abenteuern, die sie durchlebt hatte.
Wie immer trug der Vater sie ins Bett, und wie immer versprach er ihr zurückzukommen, um sie richtig zuzudecken und ihr einen Gutenachtkuß zu geben.
Ihr Zimmer war behaglich. Sie kuschelte sich in ihr Bett, das weich wie Distelwolle war, aber nicht so weich wie die großen Kissen, die in To-chans und Großvater Zehns Haus zum Schlafen auf dem Fußboden ausgebreitet waren und die *futon* hießen. *»Omm Manie-Padmie-Humm«,* flüsterte sie schläfrig – sie war

»Gut' Nacht, Mum, gut' Nacht, Dad, träumt schön …«

inzwischen sehr müde. Das kleine alte Stockende lag unter ihrem Kopfkissen.
»Gute Nacht, Großvater Zehn, gute Nacht, To-chan, gute Nacht, O ...«
Das kleine Mädchen war sehr zufrieden. Plumps-O-moto hatte versprochen, noch manchmal herzukommen, und dann wollten sie überall hingaukeln, auch zu Alice Springs, die weit weg im Hinterland wohnte. Und eines Tages würde sie, selbst wenn sie ganz wach war, richtig gehen und wie andere Kinder herumspringen können.
»Vergiß nichts«, hatte Plumps-O-moto gesagt. »Ich werde kommen, wenn ich gebraucht werde, aber, ehrlich gesagt, ich muß jetzt hart arbeiten, um meine Tricks besser hinzukriegen. Und auch du mußt hart arbeiten; immer nur einen Schritt, wie Großvater Zehn gesagt hat.«
Oh, das will ich, dachte sie, immer nur einen Schritt. Bald bin ich mit Os Hilfe wie die anderen kleinen Mädchen. Sie hörte sanfte Stimmen aus der Küche – Dad und Mum – und sie lächelte.
»Aber, Liebes, wie konnte sie so viel von Japan wissen?«
»Vielleicht hast du ihr davon erzählt ...«
»Nein, hab' ich nie. Du vielleicht?«
»Nein, nie. Und der Stock. Was ist mit dem? Sie ist richtig gegangen, Liebling. Ich traute meinen Augen nicht ...«
»Ich wollte, ich hätte es auch gesehen!«
»Aber dieses Abendprimelöl, dieses APÖ, was ist damit? Das gibt es, wirklich. Woher wußte sie etwas davon? Das ist kein Traum, das gibt es. Höchst merkwürdig. Ich habe irgendwo davon gelesen, in irgendeiner Zeitung. Man kann es kaufen.«
»Oh, Schatz, laß uns versuchen, es zu bekommen, mehr zu bekommen ...«
»Ich werde es beschaffen, und wenn ich bis ans Ende der Welt laufen muß.«
»Vielleicht gibt es ihr Schloß im Allgäu wirklich ...«
Das kleine Mädchen lächelte und begann einzuduseln. Natürlich gibt es das Schloß wirklich, und natürlich gibt es Herrn Horst von Rotnasenbiertrinker, und natürlich gibt's die Lichtung mit dem *Kami*-Baum. Ich war dort.
Sie hörte, wie die Schritte ihrer Eltern näher kamen.

»Bist du noch wach, kleines Mädchen?«

»O ja! Gute Nacht, Mum, gute Nacht, Dad«, sagte sie und gähnte herzhaft, fast schon in der Welt der Träume. »Dad, nennst du mich von nun an Patricia und nicht mehr kleines Mädchen? Bitte! Ehrlich gesagt, mir gefällt Patricia besser, und bald bin ich erwachsen und wie die anderen Mädchen. Bitte!«

»Natürlich. Natürlich mach' ich das, Patricia, mein Liebes.«

»Gut' Nacht, Mum, gut' Nacht, Dad, träumt schön ...«